문학과지성 시인선 273

꽃에게
길을 묻는다

최두석 시집

문학과지성사에서 펴낸 최두석의 시집들
대꽃(1984)
성에꽃(1990)
사람들 사이에 꽃이 필 때(1997)

문학과지성 시인선 273
꽃에게 길을 묻는다

펴낸날 / 2003년 6월 12일

지은이 / 최두석
펴낸이 / 채호기
펴낸곳 / ㈜문학과지성사
등록번호 / 제10-918호(1993. 12. 16)

서울 마포구 서교동 363-12호 무원빌딩(121-838)
편집/ 338)7224~5   FAX 323)4180
영업/ 338)7222~3   FAX 338)7221
홈페이지/ www.moonji.com

ⓒ 최두석, 2003. Printed in Seoul, Korea
ISBN 89-320-1423-X

문학과지성 시인선 273

꽃에게 길을 묻는다

최두석

2003

시인의 말

새로운 바람을 맞아
새로운 꽃이 핀다
정성을 다해 피고
정성을 다해 열매 맺는
꽃에게 길을 묻는다

2003년 여름
최두석

꽃에게 길을 묻는다

차례

▨ 시인의 말

제1부

시인과 꽃

말이 씨가 된다고 믿고
씨앗의 발아를 신뢰하는 농부처럼
마음속 묵정밭 일구어
꽃씨를 뿌리는 이가 있다

가뭄과 장마를 견디고
꽃나무가 잘 자라
환하게 꽃술을 내미는 날
그는 나비가 되어 날아오르는 꿈을 꾼다.

마라도 바다국화

뿌리로 검은 바위 끌어안고
난바다 거센 파도 소리 삼키며
모진 바람에 고개 숙여
잔디처럼 바닥을 기다가도
꽃만은 그윽이 푸른 가을 하늘
마주 보며 피우누나

내가 아는 눈빛 맑은 여인
세상살이 온통 허무해져
바다에 몸 던지러 왔다가
바다국화 꽃 피우는 모습 보고는
마음 다잡고 다시 삶의 자리로
돌아가게 됐다는구나.

달롱개

춘분 무렵 달롱개 씹는 맛 아니?

박새 물오른 가지 끝에 앉아
가쁘게 짝을 부르고
산수유 노란 꽃망울 벙글어
꿀벌들의 겨울잠 깨우는데
뾰족뾰족 순잎 내민 달롱개
알뿌리째 캐서 씹는 맛 아니?

춘분 무렵 달롱개 씹는 맛 아니?

삶의 찬가를 부르기보다
되새김질하고 삭힐 일 많아
머리에 새치가 늘어가는 한 사내
느릿느릿 들길 걷다가
달롱개 씹어 뱃속을 아리게 하며
봄맞이하는 마음 아니?

엄나무

가시투성이로 태어났으나
가시를 떨구면서 늠름해진다
가시로 세상에 맞서는 일이
부질없다는 걸 깨우친 까닭이다

정겨운 시골마을의
정자나무가 되고 싶은 시인이여
네가 온몸에 달고 있다가
떨군 가시는 무려 몇 가마인가.

철원평야

내 마음속에 구름 모이고 흩어지는
철원평야 같은 너른 벌판이 있어
때로 폭우 쏟아져
한탄강 같은 강물이 격류로 아우성치기도 하고
때로 폭설이 내려
지상의 모든 길이 끊기는 눈나라가 되기도 하는데
폭우 속에서도 백로는 알을 품고
폭설 속에서도 두루미는 새끼를 기르나니
나 세상일에 하염없이 슬퍼질 때
부엉이 되어 찾아가 밤새워 우나니.

참나무의 노래

후여 후련히 날아오르라
가슴을 에인 상처가
쑤시고 아려 흘리는
수액에 취한 딱정벌레여

잎새에 달빛 환한 밤
잎새에 맺힌 이슬 마시고
달을 향해 달빛을 타고
후여 후련히 날아오르라

무릇 참나무로 태어나
비탈에 서 있는 자
상처 입지 않고 말끔하게
살아갈 수 없거니

쑤시던 자리가 가려우니
이제 아무는 것인가
더 이상 덧나지 않고
아물 수는 있는 것인가

후여 후련히 날아오르라
상처에 기생하는 딱정벌레여
날아오르다 날아오르다
황홀히 추락하여 영면하라.

검룡소

기분이 우중충하여
궂은 추억만 불러내는 날이면
기분 전환을 위해 생각한다
검룡소의 맑고 시원한 물맛을
만회할 수 없는
바보짓에 대한 후회가
울적한 슬픔으로 가라앉을 즈음
마음을 추스리려고 떠올린다
한강이 발원하는 검룡소에서
힘차게 솟구치는 샘물을
솟구쳐 암반을 세차게 타고 내려
시내가 되는 모습을
먹고 싸고 마시고 씻는
일상사를 온전히 의탁한
한강의 주민으로서
세상을 사느라 맡은 배역이
누추해 견딜 수 없을 때
나는 문득 한 마리 물고기 되어
한강 천삼백 리 거슬러
태백의 금대봉 골짜기를 오른다

서해 용이 승천하러 오른다는 전설의
검룡소를 찾아가
시원의 약물 마시며
오장에 스민 병을 다스린다.

미소

쓸쓸한 이에게는
밝고 따스하게
울적한 이에게는
맑고 평온하게 웃는다는
서산 마애불을 보며
새삼 생각한다
속 깊이 아름다운 웃음은
그냥 절로 생성되지 않는다고

생애를 걸고
암벽을 쪼아
미소를 새긴
백제 석공의
지극한 정성과 공력을 보며
되짚어 생각한다
속 깊이 아름다운 웃음은
생애를 두고 가꾸어가는 것이라고

아름다운 미소가
세상을 구하리라 믿은

천사백 년 전 웃음의 신도여
그대의 신앙이
내 마음의 진창에
연꽃 한 송이 피우누나.

용주사 회양목

비운의 주인공
사도세자의 능을 만들고
명복을 비느라 세운 용주사에
정조가 심은 회양목

회양목이 자라면
얼마나 자라는가를 보여주려는 듯
종아리 굵기의 줄기가 구불구불
대웅전 처마 밑까지 벋어 올라가 있다

회양목으로선 가장 오래 산
이백 살 나이의 노구를
깁스로 간신히 지탱한 채
성긴 가지에 몇 움큼 잎사귀 달고 있다

댓돌에 앉아 풍경 소리 들으며
회양목이 겪은 비바람과
근세의 풍파에 맞선 사람들의
운명에 대해 묵상하는 저녁 무렵

고즈넉이 하염없이 바라보는 내게
한숨 쉬며 나무는 말한다
가야 할 때를 모르고
구차하게 너무 오래 살아 미안하다고.

느티나무와 민들레

간혹 부러 찾는
수백 년 묵은 느티나무 아래
민들레 꽃씨가
앙증맞게 낙하산 펼치고
바람 타고 날으는 걸 보며
나는 얼마나 느티나무를 열망하고
민들레에 소홀하였나 생각한다

꿀벌의 겨울잠 깨우던 꽃이
연둣빛 느티나무 잎새 아래
어느새 꽃씨로 변해 날으는
민들레의 일생을 조망하며
사람이 사는 데 과연
크고 우람한 일은 무엇이며
작고 가벼운 일은 무엇인가 찾아본다

느티나무 그늘이 짙어지기 전에
재빨리 꽃 피우고 떠나는
민들레 꽃씨의 비상과
민들레 꽃 필 때

짙은 그늘 드리우지 않는 느티나무를 보며
가벼운 미소가 무거운 고뇌와
함께 어울려 사는 모습 떠올린다.

보리수를 심으며

보리수 묘목을 심으려고
구덩이를 파며
육이오 때는 빨치산의 근거지였다가
천 년 전의 불상과 함께 불에 탄
남도의 절간에서 곡괭이질을 하며
직장 동료들과 함께 했던
인도 여행을 회상한다
석가가 설법을 시작했다는
바라나시 사슴동산에서 나는 왜
보리수 열매를 주워왔으며
어쩌자고 염주를 만들지 않고
아파트 화분에 심었나 생각한다
인연의 매듭을 맺고 푸는 데
늘 어설프거나 서투른 주제에
어린 보리수에게 화분과 아파트가
감옥이 될 것을
과민하게 걱정한 연유를 가늠해본다
자갈을 골라내고 두엄을 넣고
황토를 모래와 섞어 다지며
나무가 잘 자라 풍성하게 꽃 피워

실한 열매 맺을 것을 기원하며
먼 훗날 그 열매로 염주를 만들어 굴릴
어여쁜 손을 그려본다.

호박꽃

연애 시절 애인에게
호박꽃이 아름답다고 말했다가
파국을 맞을 뻔한 적이 있다
나중에 아내가 된 그 처녀는
긁힌 자존심에 바르르
몸을 떨었던 것이다
하지만 그때 나에겐 진정으로
호박꽃이 아름답게 보였다
눈요기로 화초를 심지 않는
농민의 아들로서 호박나물과
호박떡을 먹고 자란 탓이라고
애써 변명하고 달래었지만
미묘한 정감의 속살을
어찌 말로 다 설명할 수 있으랴
먹고 사는 것도 좋지만
분위기도 좀 살려보자는
핀잔을 주고받으며
어언 이십 년을 함께 산 지금도
간혹 아내는 그때의 상처가 덧나고
여전히 나는 호박꽃이 아름답게 보인다

호박꽃 초롱을 들여다보노라면
흙담 위에서 누렇게 익어가는
호박이 어른거린다.

어린 느티나무

산책길에 늘 인사하는 나무가 있다
아직 어리지만 의젓한 느티나무

원예과에 다니던 동생이 시험 삼아
싹 틔우고 버려둔 것을 기르다가
학교 뒷산에 옮겨 심은 놈이다

기구하게 아파트 화분에서 싹터
십 년 가까이 함께 살았던 녀석

화분에 갇혀 고생하느라
뒤엉킨 뿌리를 펴 심으면서 기원하였다
부디 늠름하게 거목으로 자라기를

내 몸이 흙이 된 뒤이겠으되
온갖 새들 지저귀는 무성한 그늘 그리며

산책길에 늘 인사하는 나무가 있다
아직 어리지만 의젓한 느티나무.

냉잇국

노모가 텃밭에서 캐온 냉이에
묵은 된장을 풀어 끓인 국을 먹으며
경칩을 맞는다
얼었다 녹았다 하는 땅에
깊이 뿌리내려 추위를 물리친
냉이의 생태를 음미하며
어머니의 주름진 손을 바라본다
콩을 심고 메주를 띄우고
냉이를 캐고 다듬은 손을 잡아본다
눈을 뜨고 있는 한
잠시도 쉬지 않는 손을 잡아본다
밥 먹다가 뭐 하냐는 핀잔에
나를 기른 손을 놓으며 새삼
힘내서 해야 할 일을 생각한다
상큼한 봄내음의 냉잇국을 먹으며
어머니의 등을 휘게 한 세월과
나의 발등을 붓게 하는 계절을
되새기고 응시한다.

경의선

경의선 철길에 앉아
아니 끊긴 철로가 다시 놓일
문산 철도 중단점 너머 콩밭머리에 앉아
이 콩으로 메주를 쑤고
그 메주로 만든 된장으로
찌개를 끓일 때면 연결된다는
경의선이 싣고 올 앞날을 그려본다
노랗게 잘 여문 콩을 까서
손바닥에 굴리며
미래의 남남북녀 남녀북남이
함께 끓여 먹을 된장찌개의 맛을 느껴본다
사람이 길을 닦되
길이 사람의 운명을 바꾼다면
경의선의 기적 소리는
농사꾼 김씨 장사꾼 이씨
회사원 박씨 기업주 정씨의 귀에
각각 어떻게 달리 들릴까
밑도 끝도 없이 생각하다가
평안도 토종 사투리의 아주머니가 끓인
된장찌개에 조밥 한 그릇

간절히 먹고 싶어진다.

제2부

노루귀

봄이 오는 소리
민감하게 듣는 귀 있어
쌓인 낙엽 비집고
쫑긋쫑긋 노루귀 핀다
한 떨기 조촐한 미소가
한 떨기 조촐한 희망이다

지도에 없는
희미한 산길 더듬는 이 있어
노루귀에게 길을 묻는다.

열목어

진달래 피면 온몸이 붉게 물들고
지느러미에 무지개 서리는 물고기가 있다
심산유곡 눈녹이물에 떨어진
묵언의 편지 같은 꽃잎 물고
힘차게 폭포를 거슬러 오르는 물고기가 있다.

마타리

마타리 향내로 가을을 맞는
눈 맑은 이에게 묻나니

처서 지나 부는 바람은
언제 어떻게 산들바람이 되는가

마타리 가느다란 꽃대 호젓이
흔들리는 모습을 보라

바람은 마타리 향내 풍기면서
비로소 산들바람이 된다.

구절초

계절이 바뀌는 산등성이에서
단풍잎 응시하며 피는 꽃이 있다
지상의 마지막 시간 앞두고
청을 높여 우는 풀벌레 소리 따라
아련히 맑은 향내 풍기다가
낙엽과 함께 사라지는 꽃이 있다.

찔레를 보면

찔레 열매 보면 찔레꽃 떠오르네
절로 자라 피우는 아름다움이
얼마나 생생하며
얼마나 그윽한 향내 풍기는지 보이네
꽃향기의 축제가 열린
무르익은 봄날의
잉잉대는 음악 소리가 들리고
너울거리는 춤사위가 보이네

찔레꽃 보면 찔레 열매 떠오르네
서리 맞고 눈 맞으며
추위와 허기를 견디는 새들에게
기꺼이 양식이 되는
열매가 품고 있는 여문 씨앗이 보이고
까치 뱃속을 통과한 씨앗이
볕바른 언덕에서 움트는
찔레의 일생이 보이네.

적멸보궁 동고비

츄이이이 쮸이이이
새소리 뒤쫓다가
오대산 적멸보궁 지붕 밑에
둥지 튼 동고비 보았네
빈 불탁을 향해
소망을 품고 절을 올리는
여인네들의 머리 위에서
알을 품어 새끼를 기르는
동고비 한 쌍 보았네
땅바닥에 좀체 내려앉지 않고
나무를 거꾸로 타며
벌레를 찾는 습성은
직립보행의 족속인 나의 산행에서
늘상 발길을 멈추게 하는데
느긋이 쉬어 가려 들른
마음속의 성소 적멸보궁
복을 빌며 불공을 드리는
여인네들의 절을 받으며
버젓하게 새끼를 기르는
동고비의 살림을

미소로 굽어보는 부처의 환영이
비로봉 컨의 수풀 속에서
생생히 환하게 떠올랐네.

우장산 쪽동백숲

숲이 있어야 사는 곰이 되어
어정어정 숨 고르며 걷누나
도시의 섬 같은 우장산 쪽동백숲

초록이 짙어갈 때면
환한 꽃등의 축제를 열고
피서철에는 넓고 둥근 잎으로
시원하게 짙은 그늘 드리우네

이제 기름불 밝히지 않고
머리에 기름 바를 여인 없어
사람들이 줍지 않는 열매는
멧비둘기들의 소중한 겨울 양식

유달리 공해에 강해서인가
이웃의 솔숲에도 참나무숲에도
울쑥불쑥 어린 쪽동백나무 자라나
왕성하게 영토를 넓혀가네

숲이 있어야 사는 곰이 되어

어정어정 숨 고르며 걷누나
도시의 숨통 같은 우장산 쪽동백숲.

참나무와 도토리

도토리 물어다 묻어두고
겨울잠 자다가 배고프면
한 톨 두 톨 발가 먹는 다람쥐에게
참나무만큼 고마운 나무는 없으리라

도토리 물어다 숨겨두고
먹이를 못 구해 허기지면
눈을 헤치고 찾아먹는 어치에게도
참나무만큼 소중한 나무는 없으리라

도토리묵의 슴슴삼삼한 맛을
특별히 아끼는 나도
다람쥐나 어치만큼은 아니겠지만
참나무의 늠름한 모습을 좋아한다

그리하여 제멋대로 상상한다
나의 옛적 할머니와 할아버지가
처녀 총각 시절에 아무래도
참나무 아래서 눈이 맞았으리라고

도토리 주우러 간다고 하고서
참나무숲에서 은근히 만나다가
겨울밤 감칠맛 나는 묵무침 한 접시로
불길이 걷잡을 수 없게 되었으리라고

이렇듯 불손하게 미각의 연원을 찾는 것은
도토리묵을 너무 좋아하여
다람쥐나 어치에게 미안하고
참나무에게도 염치가 없는 탓이거니

다람쥐나 어치가 숨겨두고 잊어먹은
도토리가 움터 참나무숲이 넓어진다기에
나도 도토리를 보면 주워다가
알맞은 곳을 찾아 묻어준다.

광릉 숲에서

녹음이 짙어가는
광릉 소리봉에서
넋 놓고 꿈꾸듯이
크낙새를 기다린다
새라면 마땅히
깃들이고 싶을 만큼 우람한
참나무 밑둥에 기대앉아

까만 옷에 붉은 모자
크낙새가 나타나
온 숲을 목탁 소리로
쟁쟁히 울리기를 기다린다
광릉 숲에서 아니 지상에서
거의 영원히 사라졌으리라는
추정을 외면한 채

오지 않을 줄 번연히 아는
애인을 기다리듯
기다림을 통해
사랑을 완성시키겠다는

어리숙한 순정으로
광릉 숲이 광릉 숲으로
다시 태어나기를 기다린다.

석송령

고려 때 홍수로 떠내려온 것을 심었다는
경북 예천 석평마을의 소나무
후사가 없던 한 노인이 땅을 바쳐
제 땅에 마음껏 뿌리를 벋게 되니
드리운 그늘이 삼백 평이 넘어도
작은 이익을 탐하는 이들의 불평이 없네
힘차게 뻗은 가지에 신령한 기운이 서려
각처의 무당들은 영험을 얻고자 찾아오고
동네 사람들은 부정탄다고 쫓아내네
왼새끼 일흔 발로 금줄을 친 정월 보름
막걸리 부어 마시고 뿌리며 비나니
세상의 실상을 좀더 제대로 보고
만물의 소리를 좀더 경청하게 하소서.

사슴풍뎅이

한가로이 한나절 걸어
어라연 가는 길
길섶의 산딸기를 따먹다가 보았네
사슴풍뎅이가 짝짓는 모습을

사슴뿔 치켜든 수풍뎅이가
암풍뎅이의 등을 타고 꿀붙는 장면과
그 옆에서 덩달아 안달하는
수풍뎅이들의 뿔싸움을 보았네

복잡한 세상사 벗어나
어라연 가는 길에 보았네
수풍뎅이의 선명한 등판 무늬와
돌출한 사슴뿔이 하는 역할을

대대로 천년만년 전해오는
사슴풍뎅이가 벌이는 천연스러운 행위를
시원한 강물 소리를 반주로
성스럽게 보았네.

동박새

꽃이 흐드러진 동백숲에 가면
동박새가 되고 싶다
꽃 속에 머리를 묻고
꿀을 빨고 싶다

꽃송이 사이를 날아다니며
꿀 마시고 흠뻑 취해
휘어 능청 흔들리는 가지에 앉아
생의 찬가를 부르고 싶다

후드득 통째로 떨어져
땅바닥에 뒹구는 꽃송이 보며
속절없는 연애의 추억에
가슴을 앓기보다는

이마에 노랗게 꽃가루 묻힌 채
새로이 벙글어 반기는
진홍의 꽃송이 찾아가
사랑의 인사를 전하고 싶다.

나비와 개구리

주룩주룩 장대비 내리는 날
산길 걷다가
나비를 만나면 슬프다
비 피할 집 없이
어디론가 날아갈 기척도 없이
흠씬 젖어 있는 제비나비를 보면
내 숨겨둔 날개가 젖은 듯
후줄근해진다

주룩주룩 장대비 내리는 날
산길 걷다가
개구리를 만나면 기쁘다
좋아라고 만세 부르듯
이리 뛰고 저리 뛰는 무당개구리
번들거리는 초록 피부를 보면
내 살갗도 촉촉이 젖어
생생해진다.

매화와 매실

선암사 노스님께
꽃이 좋은지 열매가 좋은지 물으니
꽃은 열매를 맺으려 핀다지만
열매는 꽃을 피우려 익는다고 한다
매실을 보며 매화의 향내를 맡고
매화를 보며 매실의 신맛을 느낀다고 한다

꽃구경 온 객도 웃으며 말한다
매실을 어릴 적에는 약으로 알고
자라서는 술로 알았으나
봄을 부르는 매화 향내를 맡고부터는
봄에는 매화나무라 부르고
여름에는 매실나무라 부른다고 한다.

갑곶 탱자나무

탱자나무로 적을 막으려던 시절이 있었다
병자호란의 격전지 강화도 갑곶 돈대에는
방어용으로 심은 탱자나무가
아직도 왕성하게 꽃 피우고 열매 맺는다
군함과 대포로 무장한 양요의 시절은 아득하고
미사일과 핵무기로 힘을 겨루는 요즘에도
탱자나무는 필생의 과업인 듯 부지런히
가시를 만들어 날카롭고 단단하게 벼린다
허나 가시를 피해 잎사귀를 포식한 애벌레는
호랑나비가 되어 유유히 꽃구경 간다
너울너울 우아하게 날개를 팔랑대며.

제3부

금강산 처녀치마

나무꾼이 선녀의 날개옷 숨겼다는
금강산 상팔담에 봄이 오면
선녀의 옷자락 스친 자리마다
처녀치마 핀다
옥류동 계곡 거슬러 오르는 동안
맑게 씻긴 영혼에
선연한 보랏빛 물들이며

절경의 풍경 속에서
암벽에 이름 새길 궁리나 하는 자들에겐
보이지도 않을 만큼 조촐한 풀꽃이다.

금강초롱

골짜기 울리는
설악산 대승폭포 소리 들으며
금강초롱을 본다
조촐하고 담백하게
숲의 아름다움을 비추는
한국 특산의 꽃

보라 초롱을 들여다보아
욕망의 불 다스리는 이치를 알고
흰 초롱을 들여다보아
꽃을 피우는 섭리를 깨달으리
소망을 품고 산에 들었으나
어떻게 욕망의 불 다스려
꽃을 피우는지 아득한 채
하염없이 바람에 흔들리는
꽃초롱을 본다.

불두화

가문 날의 뭉게구름처럼
헛꽃 피우는
내 자신이 싫어요
꽃술을 없애고
탐스럽다 칭찬하는
사람들의 가없는 욕망이 싫어요

나도 열매 맺어
눈 속의 붉은 열매
산새들에게 선물로 주고 싶어요
산새가 머물다 간
어느 볕바른 언덕에서
새로 움트는 꿈 이루고 싶어요.

풍뎅이

지금은 어느 하늘을 날고 있는지
풍뎅이들아 미안하다
철모르던 시골아이의
기억의 헛간 속에 묻어두고 있었다만
다만 놀이로
수많은 너희들의 목을 비틀었구나

참나무 수액을 빠느라 정신없는
너희들을 붙들어
다리를 분지르고 목을 비틀어
땅바닥에 뉘어 놓고서
"핀둥아 핀둥아 갈미봉에 비 몰려온다
마당 쓸어라" 노래하며
손바닥으로 땅바닥을 두드리면
땅바닥을 헛되이 맴돌던 분망한 날갯짓이
뒤늦게 눈에 아프구나

심심하면 못 견디는 인간으로 태어나
놀이에 정신이 팔려
너희의 고통을 목숨을

장난의 제물로 삼았구나
이제 유심히 참나무를 살펴도
잘 눈에 띄지 않는 풍뎅이들아.

민들레

민들레를 만나면
그냥 지나치지 못하고
꽃목을 들추어
꽃받침이 꽃을 받치고 있는지
눈여겨본다
꽃받침이 뒤로 젖혀진
서양민들레도 예쁘긴 마찬가지인데
귀화한 민들레도 엄연히
이 땅에서 번성할 권리가 있는 것인데
하릴없이 꽃목을 들추어
토종을 찾는다

이제 서울에서는 찾아볼 수 없고
깊은 산골 아니면
보기 힘들어진
토종 민들레를 만나면
민들레라는 순우리말 이름을
정겹게 귓속말로 불러볼 뿐이지만.

점봉산 얼레지

진동리 설피밭에서
얼레지 나물로 밥 먹고
점봉산에 올라
얼레지가 두 손 벌려
꽃을 받들고 있는 모습을 본다
움이 튼 지 오 년 넘게
혼신의 힘을 모아야 피는 꽃 한 포기가
한 젓가락의 반찬밖에 되지 않는
인간의 식욕을 슬퍼하며
마치 외면하듯
고개를 돌리고 핀 꽃에
머리를 땅에 박고 입을 맞춘다
흔히 꽃보다 아름다운 사람이라 말하지만
한갓 장난이나 장식으로
함부로 꽃을 꺾는 이가
꽃보다 아름답기는
참으로 지난한 일이다.

개구리 울음 소리

김포평야의 논을 메우고 지은
고층 아파트에서
개구리 울음 소리 듣는다
오랜 가뭄 끝에 장마비 내리자
고추 상추 옥수수 등이 자라는
공터의 조밀한 뙈기밭에서
개구리 자욱하게 울어댄다
참개구리와 청개구리의 합창을 비집고
맹꽁이 울음 소리도 들린다
웅덩이도 변변치 않고
조만간 학교가 들어설 곳에서
뒤늦게 급히 짝을 찾는 울음 소리가
잠을 청하려 누워 있는 내 귀에
반주 없는 비가처럼 들린다
인간의 문명에 치인
개구리의 운명을 슬퍼하는
조물주가 작곡한 비가처럼 들린다.

공룡능선 마가목

나무야 나무야
설악산 마가목아
새파란 하늘 아래
주렁주렁 탐스럽게 붉은 열매 매달고
멀리 동해를 굽어보는 마가목아
너희는 무슨 연유로
비바람 사납고 눈보라 매서운
공룡능선에 사니?

사람아 사람아
재앙스런 원숭이야
흰머리 검게 하고 성기능 높인다고
열매는 따가고 껍질은 벗겨가니
너희들 손길 발길 피해
막다른 곳까지 몰린 것인데
더 이상 어디로 피하라고
예까지 찾아오니?

시화 공룡알

수평선이 지평선으로 바뀐 자리에서
화석으로 발견된
시화 공룡알을 생각하는데 문득
수컷이 총 맞아 홀로 된 음성의 황새가 떠오른다
이 땅에서 마지막으로 살다간 과부 황새가
수년 동안 낳아 품은 무정란이 떠오른다

공룡이 뛰고 날던 시절에는
거대한 강이 흘렀으리라 추정되는 사암층의
시화 공룡알을 생각하는데 문득
이제 이름만으로 남은 광릉의 크낙새가 떠오른다
오 리 밖까지 울린다는 전설의
나무 찍는 소리가 불현듯 들리다가 사라진다.

시화 망둥이

가을 바람에 망둥이가 뛴다
망둥이떼의 왕성한 입질에
낚시꾼들이 연방 환성을 지른다
저승꽃 피듯 소금꽃 핀 뻘밭
온갖 게와 조개와 물고기의
아늑한 보금자리였던 뻘밭을 배회하던 나도
낚시꾼들의 회 잔치에 엉겁결에 끼어든다

수문을 여닫아 바닷물이 드나드는
시화호에서 망둥이는
과연 언제까지 살아남을까 생각하며
오독오독 비린 살점을 씹는다
대대로 하염없이 시화호에 살아
시화 망둥이라는 변종이 생길 것을 멋대로 상상하며
중금속에 중독된 회를 꿀꺽 삼킨다.

형도

이제는 섬이라고도 할 수 없는
눈먼 개발의 제물이 된 형도
시화호 제방을 막는 데
자신의 뼈와 살을 공출당한 형도

한나절 형도의 나그네 되어
채석장 언덕을 오르니
바다직박구리 유난스레 우짖는다
근처에 둥지가 있는 탓이리라
우격다짐으로 파헤쳐진 채석장 벼랑
깨진 바위틈에 새끼가 있는 탓이리라
천 년이 지나도 새 살 돋을 리 없는
흉칙하게 파인 형도의 가슴에서
새가 알을 품는다는 사실이
안쓰럽고 대견하고 고마워라.

은행을 먹으며

은행알아
농부가 살지 않는 도시의
가로수가 낳아
냄새 나는 포대기에 싸서 떨군
천덕꾸러기 은행알아
너 어디로 굴러가니
보도블록 위에 떨어져
오가는 발길에 채여
이리저리 구르다가 순식간에
구둣발에 으스러지기도 하는 은행알아
바쁘고 무심한 행인들의
구둣발에 밟힐까 걱정인
어떤 가난한 시인이 주워다가
술안주로 구워 먹는 은행알아
씨앗이자 양식인 너를
함부로 걷어차는 세상은
어디로 굴러가니?

연어

연어야 왜 돌아오니
설악산 계곡 단풍이 아름다워
단풍 구경 오니
둥둥 빙산이 떠다니는
알래스카 앞바다에서
양양 남대천까지
누가 불러서 떼 지어 오니
계곡을 거슬러 오르는
숨 막히게 황홀한
신혼여행은 떠나지도 못하고
입구에서 죄다 그물에 붙잡혀
몽둥이에 얻어맞아 죽을 것을
연어야 왜 돌아오니
죽어가는 너희 몸에서
알과 정액을 함부로 쥐어짜는
능욕을 어떻게 당하러 오니
정작 어머니의 냇물 남대천은
아예 오를 수 없게 망치고서
너희의 귀향에 호들갑 떠는
사람들의 축제에

초대 받아 오니?

까마귀와 고라니

구불구불 장수대에서 한계령 오르는 길
주춤주춤 까마귀가 내려앉았다가 날아오른다
간밤에 차에 받힌 고라니가
내장을 드러낸 채 널브러져 있는 것이다
피 흐르는 살덩이가 탐나 까마귀는 자꾸 내려앉고
속도를 줄이지 않고 달려드는 차를 피해 다시 날아오
른다
까욱까욱 오늘따라 왜 이리 차가 많은 거야 투덜대지
만
소문난 설악산 단풍이 바야흐로 절정인 것이다
고라니는 뭐 하러 목숨 걸고 도로를 횡단했는지
까마귀는 며칠 굶다가 맛있는 먹이를 찾아냈는지
나름대로 곡절이 있는 고라니와
나름대로 사연이 많은 까마귀가
기구하게 아스팔트 길바닥에서 만나고 있는 것이다.

된꼬까리

여울아 여울아
된꼬까리야
어름치는 너를 거슬러 올라
산란탑을 쌓고
아우라지 뗏사공은 온갖 힘과 재주로
너를 타고 내려
한양까지 갔지

된꼬까리야
영월 동강의
힘센 물살아
노래를 불러다오
너를 수장시키지 못해 안달한
개발교의 교주와 신도들의 욕망을
잠재우는 노래를.

제4부

불일폭포

폭포는 하늘에서 떨어지고
소리꾼은 소리를 뽑는다
폭포는 강으로 흘러가고
소리꾼은 소리를 뽑는다

폭포를 타고 오르고도 싶고
강물처럼 흐르고도 싶은
소리꾼의 소리를 들으며
벼랑 위 산철쭉 꽃이 핀다.

길

세상모르고 당당히 가던 길 있었지
가파른 비탈이지만 의연히 걷던 길 있었지
사명감에 골똘히 앞만 보며 치닫던 길 있었지
외로움의 칡뿌리 씹으며 터벅거리던 길 있었지
대낮에는 사라지고 별빛에 은은히 빛나던 길 있었지.

장승

동구에 서서 품은 소망이 간절하다는 뜻이다
퉁방울눈 굴리며 풀어나갈 일이 많다는 다짐이다
눈비 맞으며 지켜내야 할 숨결이 소중하다는 믿음이
다.

신발

신을 잃어버린 꿈을 꾸고 나서
새삼 살아오면서 닳아 없앤 신들과
습관처럼 자주 잃어버린 신들을 생각한다
불깡통 돌리며 쥐불 놓던 날의 먹고무신
철길 걸으며 휘파람 가다듬던 날의 운동화
최루탄 맞고 도망가다 잃어버린 구두를 떠올린다
이미 걸어온 길 때문에 가지 않은 길과
가지 않은 길 때문에 계속 걸어온 길을 되새긴다
또한 어떻게 신발끈을 조이고
부끄럽지 않게 앞길을 가나 생각한다
불혹을 넘어 지천명을 바라보는 나이에
어이없이 신을 잃고 헤매다가
어디서 남녀로 짝짝인 휜고무신 얻어 신고
어기적거리다가 꿈을 깬 날 아침에.

독산성에 올라

어떤 이들의 어떤 시간이
성벽 아래 잠들어 있나 생각하며
아득히 불어오는 바람을 맞는다
백 년 이백 년 삼백 년 사백 년 전
성을 쌓고 지키던 장정의
이마에 맺힌 땀냄새를 맡는다
임진왜란 때 창검 부딪는 소리
화승총 소리 듣는다
그때 권율을 따라 광주에서 올라와
보루를 쌓고 화살을 날리다가
얼마 후 행주산성 싸움에서 쓰러진 사내의
목숨 같은 나물밥 냄새를 맡는다.

삼인산

삼인산은 솟는다
유년의 골목길과 어머니의 자갈밭을 끌어당기며
한껏 솟구치다 쭈그려 앉는다

들판 건너 망월동 묘지를 바라보면서도
출세를 바라는 마음이 미워
애꿎은 너를 소인배라 욕한 적도 있으나

청년 시절 어머니의 자갈밭과
망월동 묘지 사이를 오가는 나를
너는 너무도 훤히 안쓰럽게 보았으리

실상 너를 미워하며 나를 미워하고
너를 사랑하며 나를 사랑했거니
그게 너를 떠난 삼십 년 세월이거니

네 골짜기의 칡뿌리와
네 언덕의 진달래 씹으며 달랜 허기는
그때의 생생한 식욕은 어디로 갔나

식욕은 언제부터 비만이 되고
욕망은 언제부터 부어올라 혹이 되는지
모호한 경계에 안개 자욱한데

삼인산은 솟는다
자갈밭에서 털어낸 들깨알 같은 시간을 가로질러
한껏 솟구치다 쭈그려 앉는다.

담양 읍내리 오층석탑

논 가운데 불쑥 서 있는
어느 시절 무슨 절이었는지
기록에도 없고 전설에도 없는
백제 족보의 고려 시대 석탑

사라진 역사의 그늘에서
어느 여인이 이 탑을 돌았을까
어떤 표정으로 경건하게
어떤 소망을 품고 간절하게
얼마나 많은 이 땅의 어머니들이
고개 숙인 채 탑돌이를 하였을까

탑을 돌던 어떤 사연의 여인이
탑을 떠나 어떤 길을 밟아
모태의 소망으로 이어지는
천 년 세월의 굽이를 돌아
마침내 내 어머니의 자갈밭에 이르러
허리 굽혀 콩밭을 매고 있는가

가까이 영산강이 흐르는

논 가운데 우뚝 서서 문득
천 년의 굽이를 돌아 이어지는
소망과 사연을 떠오르게 하는 석탑.

돌무덤

마음에 무거운 짐을 지고
신념의 산에 오르는 이가 있었네
산정에 올라 짐을 부리고
다시 산정에 올라 짐을 부리며
자기만의 성을 쌓는 이가 있었네
자신이 자신에게 명령하고 맹세한
사명의 테두리를 둘러
어깨가 꺼부러지고 허리가 휘고
백발이 바람에 휘날리도록
성돌을 쌓는 이가 있었네
사람들이 드나들 문도 마련 없이
세상의 변화도 외면한 채
외통굴로 완강하게 성을 쌓다가
마침내 그가 거꾸러지자
성은 허물어져 돌무덤이 되었네.

선녀탕에서

아무래도 전생에 나무꾼이었지
설악산 선녀탕에 와서 든 생각이다
그리하여 선녀가 목욕하던 곳을 찾아
독탕부터 용탕까지 유심히 살핀다

전생에 선녀의 날개옷 숨겼었지
누더기옷 대신 입고 산길을 뒤따르던
여인의 얼굴은 떠오르지 않고
숨결과 체취만 아련하다

그녀와 어떻게 살았나 상상하지만
모든 게 안개 속이고
날개옷 입고 떠나버린 날의
안타까움만 가슴의 통증으로 생생하다

그리하여 암반 위로 미끄러지는 물에
그리움의 편지를 쓴다
소식도 묻지 않고 사연도 없는
속절없이 물거품으로 사라지는 편지를.

함태식

　노고단에서 십팔 년 피아골에서 팔 년, 자랑스럴 것도 후회스럴 것도 없는 산장지기 산꾼이여. 탯자리는 섬진 강이 지리산 자락얼 적시는 구례그만. 코흘리개 시절에 는 한참 뛰놀다가도 문득 멈춰 노고단얼 올려다보곤 했 제. 묵고 살아볼라고 인천 바닥에 뒹구는 동안 지리산은 마치 내 꼬락서니럴 먼디서 굽어보며 꾸짖는 거 같았어. 무엇얼 허든 노고단이 신기루처럼 나타났다가 이내 사 라지곤 했그등. 그래 귀향히서 산얼 타게 되고 아무리 산얼 타도 철이 안 들드만. 내가 산장지기 허기로 결심 헌 것은 사회에서는 허는 일마동 탈이 나고 산에만 오르 면 맘이 턱 놓였기 때문이제.

　노고단의 봄은 소리로부텀 와. 시안내 억누르고 있던 숨얼 몰아쉬듯 새 움얼 틔우제. 그때쯤이면 산새덜 울음 소리도 한결 여유로워. 먼점 진달래가 입술얼 내밀고 다 시 철쭉이 꽃등얼 쓰제. 수줍게 원추리가 피면 여름이 여. 어둠얼 적시면서 이슬 내리는 소리, 이슬얼 받어 몸 식히는 온갖 꽃잎의 숨소리, 참말로 기맥힌 음악이제. 구름이 귀밑얼 스쳐가곤 허는 여름 날씨는 도무지 종잡 을 수 없어. 한쪽은 햇볕이 쨍쨍한디 다른디는 장대비가 쏟아져. 가을은 단풍이 물들드끼 슬며시 찾아와. 갖은

색깔의 단풍잎 띄우고 이 골짝 저 골짝 시냇물은 하염없이 지줄대며 흘러가. 앙상헌 나무덜이 천태만상의 얼음꽃 피우면 겨울이여. 삭풍의 눈보라에 산은 무섭게 포효허다가도 눈이 그치면 두터운 눈이불 덮고 잠얼 자.

시방은 노고단 코앞까지 도로가 뚫려갖고 구두 신고 지리산 오르는 치들도 많어. 그 사람덜 카세트 틀어놓고 춤추고 난리 피우기 십상이제. 산얼 산답게 대접해야 헐 거 아녀. 노고단 허리럴 무참허게 파헤치고 올라온 도로럴 보면 가슴이 애려. 상처 입은 지리산의 신음 소리가 먹먹허게 들려.

정무룡

동굴을 발견한 기 열아홉 나든 해니까 이십삼 년 전이
래요. 그때 객지에서 중핵교 마치고 돌아와 아부지 따러
담배농세 짓고 있었지요. 그래더거 심심하믄 동굴에 들
어가고는 했었는데 한짝에서 바람 나오는 기 심상치가
않은 거래요. 그래 그짝에더거 개구녕을 맨들어가지고
들어가보니 웬 용궁에를 왔나 싶잖어요. 기묘한 종유석
과 석순으로 빼곡이 들어차 황홀하데요. 그래 내 혼저
알고 있을 수가 읎어 신고를 했고 신고한 지 삼 년 만에
천연기념물로 지정된 거래요. 백운산에서 '백'자를 따고
내 이름에서 '룡'자를 따서 백룡동굴이라 불르게 됐든
기래요.

그때부텀 입때까지 내내 동굴하고 함께 살었어요. 사
람들이 날더러 백룡동굴 지킴이라고 하는데 동굴은 내
생명과 맨 한가지래요. 지금 안들도 동굴이 맺어준 거래
요. 동굴 귀경 왔더거 붙잽힌 거지요. 지끔이야 달러졌
지만 전에는 여 들어오믄 하룻밤 묵지 않을 수 읎고 그
때부텀 내가 정성을 좀 들옜지요. 그 동안 도굴꾼 지키
느라 애도 참 어지간히 많이 먹었어요. 얼마 전에 남근
석 따간 경찰서장 이얘기는 유명하잖어요. 이 사진 좀
보래요. 응큼한 사람들은 이게 웬 여자 성기인가 의아해

90

하지마는 남근을 떼낸 자국이래요. 몇 달 전에 도루 찾어다가 치과의사들이 땜질해 붙여놨잖어요.

예전에야 여가 오지 중에도 상오지였드랬지요. 새복 닭 울 때 장에 나가가지고는 오밤중이나 돼야 돌아왔잖어요. 홍수가 났다하믄 아예 나다닐 수가 없드랬구요. 이태 전부터 동강댐이 문제가 되고 관광 바램이 불민 민박 손님이 부쩍 늘어나데요. 물론 댐 건설에는 절대루 반대래요. 민박 수입도 쏠쏠하지만 무엇보다 동굴이 수장되는 꼴은 못보니까는. 허지만 물이 막상 차오르게 되믄 벨 수 있나요. 그거를 대비해서 밭에더거 배낭구 감낭구 살구낭구 등등 닥치는 대로 심귀놨어요. 그것들은 그루당 보상비가 나온다데요. 사람이 영악하지 않으믄 바보되는 기 이 세상이래요.

최민식

　날 때부텀 가난 구뎅이에 빠진 사람이 있거덩. 가들은 구걸하는 어매 등에 업히가 거리에서 자라고 걷게 되믄 알아서 지 묵을 걸 찾아야 되는 기라. 혹은 지 건강을 다 바쳐 일해야 겨우 입에 풀칠하는 사람들이 있지. 가들은 나이 묵으믄 더 팔 수 있는 건강도 없어가 길거리에 나앉아야 한다꼬. 가들의 땀에 쩔은 생활을 찍고 있으믄 살과 뼈로 이라진 빈곤의 몸통을 덥썩 만져보는 것맹키로 섬찟한 기라.

　내는 사진 작업 할라꼬 현실적 고통을 차라리 즐깄거덩. 어떤 어려움도 사진의 거름이 된다꼬 여깄으니까. 어떤 불행도 쾌감으로 수용할 수 있다 카는 오기로 넘몰래 미소짓곤 했지. 쌀 사놓으믄 연탄 떨어지고 연탄 들라노면 쌀 떨어진 적이 한두 번이 아닌 기라. 아픔맹키로 우리를 깊게 하는 기 없고 가난한 자의 행복만큼 진실한 거는 없어. 내 생애는 젤로 낮고 더럽은 땅을 입맞추믄서 흐르는 물로 남을 기야.

성탄목

이천년 전 로마의 식민지
유대 땅 베들레헴의 마구간에서
처녀가 아이 낳은 의미를 묻는다
스스럼없이 벌거벗은 몸을
수천 개의 꼬마전구로 휘감고서
겨울잠도 잊고 밤잠도 잊은 채
사람들의 둔감한 시야 속에
터무니없이 휘황하게 깜박이며
아기 예수를 누인 구유가
별빛에 어떻게 빛났는지 묻는다.

울릉도 향나무

향나무야
울릉도 통구미의 향나무야
아스라한 벼랑의 바위틈에
뿌리를 서려 두고
이 땅의 변방에서 살다 간
어떤 강인한 넋의 자취인 듯
온몸을 용틀임하듯 틀어올려
의연히 태양을 우러르고
파도를 굽어보는 향나무야
네가 견딘 눈보라와
네가 바라보는 별을 생각하며
마음 다지는 자 있어 묻나니
부러 남들이 범접하기 어려운
높고 가파른 자리 골라
살아가는 연유는 무엇이냐.

공룡능선

저잣거리 벗어나
구구한 일 잊고
암봉을 타네
푸른 하늘 우러르고
산과 바다 굽어보며
동서남북 전후좌우
거칠 것 없이 부는 바람을 맞아야 벙그는
가슴에 맺힌 꽃 한 송이 피우려
설악의 산기운 힘차게 뻗어가는
등줄기를 타네
잠시 피고 나면 바람에 날아갈
꽃 한 송이를 위하여
길이면서 길이 아닌
길이 아니면서 길인
능선을 타네.

헌화가

이루지 못한 꿈이
얼마나 사무쳐서
새가 나는가
두루미처럼 목이 길고
깃이 흰 새 한 마리
구름 뚫고 하늘을 난다
부리에 꽃을 문 채
울음 소리 삼키며
산 넘고 강 건너
외로이 묵묵히
갈 길 간 이의 무덤 앞에
꽃 한 송이 바치러.

생태적 감수성과 마음의 깊이

나희덕

　우연인지 모르지만, 그 동안 출간된 최두석 시인의 시집 제목에는 서사시집 『임진강』을 제외하고 모두 '꽃'이라는 말이 들어 있다. 워낙 익숙하고 보편적인 소재이기는 해도 '꽃'이라는 기표가 이렇게 지속적으로 등장하는 데는 그만한 이유나 맥락이 있을 법도 하다. 따라서 '꽃'의 의미나 그에 대한 태도의 변화를 통해 시세계를 일별해보는 것도 흥미로운 작업이 될 수 있을 것 같다.

　최두석의 시는 일찍이 서정적 노래보다는 이야기시라는 형식으로, 형이상학적인 관념보다는 역사적 현실에 대한 성찰을 중심으로 출발했다. 초기 시집들의 표제작이기도 한 「대꽃」이나 「성에꽃」을 보아도 그 선연한 꽃을 의식 속에서 피워내는 힘은 역사적 상상력이었다고 할 수 있다.

한 송이 피면
또 한 송이 거품 뿜으며 피고
이꽃 저꽃 저꽃 이꽃 우르르우르르 무리져 피는
피다가 모두 죽는
대꽃.   ──「대꽃·8」 부분

엄동 혹한일수록
선연히 피는 성에꽃   ──「성에꽃」 부분

　동학 농민군의 투쟁을 집중적으로 그린 「대꽃」 연작에서
대숲은 민중적 봉기를 나타내는 상징으로 쓰이고 있다.
"대숲에는 삼십대의 상인도 오십대의 품팔이도 들어가 섰
읍니다. 철 모르는 어린이도 섞였읍니다"(「대꽃·8」)라는
구절이 그를 뒷받침해준다. 여기서 대꽃은 "서걱이는 행진
의 걸음마다에 외마디 외침이 폭발"하고 돌연 난사된 총포
에 대나무들이 쓰러지며 허공에 피운 꽃으로 그려진다. 일
단 꽃을 피우고 나면 스스로 절멸하고 마는 대나무의 생리
에서 시인은 역사에 바쳐진 민중의 피를 읽어낸 것이다.
「성에꽃」에서도 시인은 흙에 뿌리박은 꽃이 아니라 새벽
버스 차창에 사람들의 입김과 숨결이 만나 피워낸 성에꽃
에 주목한다.
　이렇게 최두석의 초기 시에서 '꽃'은 자연물 자체를 가
리키기보다는 시인의 시대 의식이 상당히 부하(負荷)된 대
상으로 보인다. 자연보다는 인간, 일상보다는 역사에 무게
중심이 두어졌던 것은 그의 시에 국한된 현상이 아니라 당
대의 불가피한 요청이 만들어낸 일반적 흐름이기도 했다.

1980년대 민중시의 구호적 한계를 넘어 그의 시는, 실화(實話)에 대한 탐구를 통해 구체적 리얼리티와 전형성을 보여줌으로써 독자적인 성취를 이룰 수 있었다. 그러나 그의 "나직하지만 힘 실린 목청, 그 목청이 풀어내는 시의 리얼리즘은 순정하고도 단호해" 타자와의 자유로운 소통보다는 "참됨과 그릇됨이 엄격하게 갈리고, 타자의 목소리는 예/아니오의 교대 반사 공간을 왕복"하는 자기 완결적 인상을 주기도 했다(정과리, 해설 「우렁이의 시학」, 『성에꽃』).

그런데 『사람들 사이에 꽃이 필 때』에 이르면 시적 대상에 대한 규정력보다는 내적인 유연성을 통해 타자와의 대화를 모색하는 모습이 두드러진다. 그 변화의 조짐을 김예림은 다음과 같이 설명하고 있다. "이번 시집에서는 자연물로서의 대상이 그것에 역사적·사회적 무게를 담지 않고 그 자체로서 오롯이 시인과 교통하는 양상이 현저히 나타나고 있다. 이 지점에서 시인은 대상을 메타포로서가 아니라 그 자체로서 만난다. 대상과의 교섭 방법이 달라지면서 그의 시세계는 작고 사소하고 약한 것들, 그리고 그것의 순정한 의미들로 가득 찬다. 이들의 의미는 스스로 충만하여 자신의 뒤로 함의의 무거운 그림자를 드리우지 않는다. 시인은 대상물 자체에 주의를 기울이고 그로부터 순수한 가치를 발견하는 것이다."

시집 『꽃에게 길을 묻는다』에서는 이런 모색이 전면화되는 느낌이다. 우선 인물을 다룬 이야기시가 대폭 줄고, 자연물들이 주를 이루는 데다가 그것이 구체적이고 개별적인 이름으로 호명되고 있다는 점을 들 수 있다. 첫 시집의 자서(自序)에서 시인은 자신을 사로잡은 실화(實話)의 매력

을 "밤이면 다시 얼어붙을 것이지만 낮 동안의 햇살에 땅
거죽이 녹았을 때 고무신에 질퍽하게 달라붙는 흙, 자칫하
면 신을 빼앗기 일쑤인 끈적거리는 흙"에 비유한 적이 있
다. 그런데 인물에 대한 관심이 점차 나무나 새와 같은 자
연물로 옮겨오고는 있지만, 대상의 실재성 또는 리얼리티
를 중시하는 태도는 여전히 유지되고 있다. 이른바 실화
(實話)에서 실화(實花)로의 전이라고 할 수 있겠다.

    깜박이는 불빛 따라 접근한
    국방군 부대
    또 총소리 들리고
    쓰러진 조선이나 한국의 사내
    그들의 입에 눈에 흙이 들어가
    꿈도 집념도 온갖 욕망도
    바람에 날려보내고

    지리산 등성이 여기저기 누운
    산사람 혹은 국방군
    그들이 뒤엉켜 함께 피우는
    찔레꽃
    지리산 찔레꽃.   ──「지리산 찔레꽃」 부분

    찔레꽃 보면 찔레 열매 떠오르네
    서리 맞고 눈 맞으며
    추위와 허기를 견디는 새들에게
    기꺼이 양식이 되는

열매가 품고 있는 여문 씨앗이 보이고
까치 뱃속을 통과한 씨앗이
볕바른 언덕에서 움트는
찔레의 일생이 보이네.　　——「찔레를 보면」 부분

　　앞에 인용한 「지리산 찔레꽃」은 『성에꽃』에 실려 있는
데, 이번 시집의 「찔레를 보면」과 비교해보면 확연한 차이
를 느낄 수 있다. 전자가 지리산 자락의 찔레꽃을 통해 빨
치산의 희생과 아픈 역사를 떠올리는 반면, 후자는 찔레꽃
을 보면서 그것이 열매가 되는 과정을 떠올리며 자연의 순
환적 질서를 음미하고 있다. 같은 소재라 해도 역사적 상
상력을 바탕으로 한 전자와 생태적 상상력을 바탕으로 한
후자는 적지 않은 간극을 보여준다. 또한 사회역사적 상상
력에서 생태적 상상력으로의 전환 속에서 역사 또는 공동
체적 현실에 대한 관심은 자연스럽게 '나'라는 구체적 실
존 쪽으로 옮겨오고 있다는 사실도 어렵지 않게 읽어낼 수
있다.
　　그렇다고 해서 시적 주체인 '나'를 전면에 부각시키고
있는 것은 아니다. 오히려 다양한 대상에게 그 자리를 내
어줌으로써 '나'는 발화자보다는 청취자의 입장에 주로 서
있다. 이제 그의 시에서 '꽃'으로 대표되는 자연물은 주관
적 감정과 생각을 나타내는 대체물이나 비유적 대상에 머
물지 않고, 스스로 주인이 되어 있다. 그리고 시인은 자신
이 본 꽃에 대해 진술하기보다는 꽃에게 길을 묻고 있을
따름이다. '묻다'라는 동사는 더 이상 자신의 해답을 주장
하지 않는다. 질문의 행위에는 대상에 대한 개방성과 겸허

함이 깃들어 있다. 이렇게 자신의 생각을 명징한 비유로 드러내기 위해 '꽃'이라는 표상을 설정하고 구체화시키던 태도에서 '꽃'에게 겸허하게 길을 묻는 모습은 대상을 대하는 방식에 있어 상당한 변화라고 할 만하다.

봄이 오는 소리
민감하게 듣는 귀 있어
쌓인 낙엽 비집고
쫑긋쫑긋 노루귀 핀다
한 떨기 조촐한 미소가
한 떨기 조촐한 희망이다

지도에 없는
희미한 산길 더듬는 이 있어
노루귀에게 길을 묻는다   ──「노루귀」 전문

노루귀는 봄이 오는 것을 가장 먼저 알아차리고 묵은 낙엽들 사이로 피어나는 작은 꽃이다. 그런데 재미있는 것은 "쫑긋쫑긋 노루귀 핀다"고 하면서 노루귀가 피어나는 모습을 귀의 형상에 비유하고 있다는 점이다. 이 시에서 "지도에 없는/희미한 산길 더듬는 이"는 시인 자신으로도 볼 수 있겠는데, 그 역시 작은 노루귀에게 길을 묻고 있다. 이러한 경청(敬聽)의 자세는 시인이 노루귀를 비롯한 자연을 통해 체득한 것이기도 하다.
다음으로 '꽃'이 철저히 독립된 개체로서 호명되고 있다는 사실에 주목할 필요가 있다. 시인은 추상화된 의미보다

102

는 각기 다른 고유 명사를 부름으로써 꽃에게 다가간다. 노루귀뿐 아니라 바다국화, 달롱개, 민들레, 호박꽃, 마타리, 구절초, 찔레꽃 등 그 목록은 풍요롭기만 하다. 시인이 그리워하고 지극한 관심을 기울이고 있는 대상은 꽃에 국한되지 않는다. 그 친애의 목록에는 온갖 동식물들이 들어 있고, '된꼬까리'라는 여울 이름이나 '공룡능선'과 같은 산줄기의 이름도 있고, '담양 읍내리 오층석탑'과 같은 유적지의 이름도 있다. 그 이름들을 부르고 그들과 대화하는 일만이 생존의 위기에 놓인 존재들을 간절하게 지켜낼 수 있다고 시인은 생각하는 듯하다. 이 시집에서 발견할 수 있는 부단한 답사의 발자취들은 살아 있는 소통의 공간을 마련하기 위해 몸을 부단히 움직여온 시인의 성실성을 잘 말해준다. 그리고 자주 등장하는 호격 조사들은 시인이 그 생명체들과의 대화를 얼마나 간절히 시도하고 있는가를 느끼게 한다.

지금은 어느 하늘을 날고 있는지
풍뎅이들아 미안하다
철모르던 시골 아이의
기억의 헛간 속에 묻어두고 있었다만
다만 놀이로
수많은 너희들의 목을 비틀었구나   ——「풍뎅이」 부분

된꼬까리야
영월 동강의
힘센 물살아

노래를 불러다오
너를 수장시키지 못해 안달한
개발교의 교주와 신도들의 욕망을
잠재우는 노래를.　　　　　　　　——「된꼬까리」부분

　그런데 자연과의 대화가 그리 순조롭거나 화해로운 것
만은 아니다. 오히려 시인이 자연과의 대면을 통해 발견한
것은 자연이 돌이킬 수 없을 정도로 파괴되어 절멸의 위기
에 처해 있다는 사실이다. 그는 참나무에 지천으로 널려
있던 풍뎅이조차 이제는 잘 보이지 않는 것에 대해서 섬뜩
한 불안을 느낀다. 그리고는 풍뎅이를 놀이 삼아 함부로
분지르고 놀던 어린 시절을 떠올리며 그것이 "심심하면 못
견디는 인간"의 잘못임을 고백한다. 이 뒤늦은 고백은 자
신에 대한 반성을 포함해 인간 중심적인 문명에 대한 비판
으로 나아간다. 「된꼬까리」에서는 비판의 강도를 높여 동
강의 아름다운 여울을 삼켜버리려는 개발 논리를 "너를 수
장시키지 못해 안달한/개발교의 교주와 신도들의 욕망"이
라고 표현하기까지 한다.
　한 연은 인간의 목소리로, 한 연은 마가목의 목소리로
되어 있는 다음 시를 통해 드러나는 것 역시 인간의 이기
심과 폭력으로 자연이 더 이상 설 곳을 잃고 막다른 곳까
지 몰려 있는 상황이다. "흰머리 검게 하고 성기능 높인다
고/열매는 따가고 껍질은 벗겨가"는 인간을 향해 마가목은
"재앙스런 원숭이"라고 부른다. 자연과의 친화와 교감을
노래한 시편들 한켠에는 이처럼 인간 중심주의에 대한 통
렬한 비판이 자리 잡고 있다. 생태적 감수성이 단순한 낭

만주의적 동경이나 동화(同化)에 머물지 않기 위해서도 이런 양면적인 접근은 필요불가결해 보인다.

> 나무야 나무야
> 설악산 마가목아
> 새파란 하늘 아래
> 주렁주렁 탐스럽게 붉은 열매 매달고
> 멀리 동해를 굽어보는 마가목아
> 너희는 무슨 연유로
> 비바람 사납고 눈보라 매서운
> 공룡능선에 사니?
>
> 사람아 사람아
> 재앙스런 원숭이야
> 흰머리 검게 하고 성기능 높인다고
> 열매는 따가고 껍질은 벗겨가니
> 너희들 손길 발길 피해
> 막다른 곳까지 몰린 것인데
> 더 이상 어디로 피하라고
> 예까지 찾아오니?　　　　　——「공룡능선 마가목」 전문

　인간 중심적 시각은 대상에 대한 인식 태도에서도 잘 드러난다. 「느티나무와 민들레」에서 "느티나무를 열망하고/민들레에 소홀하였"던 시인은 민들레의 일생을 떠올리면서 "사람이 사는 데 과연/크고 우람한 일이 무엇이며/작고 가벼운 일은 무엇인가" 되묻는다. 그러면서 "느티나무 그

늘이 짙어지기 전에/재빨리 꽃 피우고 떠나는/민들레 꽃씨의 비상과/민들레 꽃 필 때/짙은 그늘 드리우지 않는 느티나무"에서 모든 생명이 공존할 수 있는 유기적 질서를 발견해낸다. 그 조화와 질서 속에서 무엇이 더 아름답고 가치 있다고 말하는 것은 인간의 편견에 불과할 뿐이다.

> 가문 날의 뭉게구름처럼
> 헛꽃 피우는
> 내 자신이 싫어요
> 꽃술을 없애고
> 탐스럽다 칭찬하는
> 사람들의 가없는 욕망이 싫어요　　　──「불두화」 부분

'꽃'에 대한 관념도 마찬가지다. 이 시는 아름다움의 기준 역시 철저히 인간 본위로 정해진 것임을 말하고 있다. 불두화의 꽃술을 없애고 그것을 아름답다고 말하는 인간의 욕망은 결국 불두화로 하여금 열매 맺지 못하는 불구의 생명체가 되도록 만들고 만다. 그것이 아무리 아름답게 보일지라도 결국은 "가문 날의 뭉게구름처럼/헛꽃 피우는" 일임을 불두화의 입을 통해 들려주고 있는 것이다. 눈에 보이는 꽃만 볼 것이 아니라 그것이 지닌 생명의 연결 고리에 주목할 때, 관계론적인 사유가 가능해진다. "찔레 열매 보면 찔레꽃 떠오르네" "찔레꽃 보면 찔레 열매 떠오르네"(「찔레를 보면」)라며 "찔레의 일생"을 조감하는 것은 생태적 감수성을 지닌 시인에게는 당연한 일처럼 보인다. 이 시 외에도 「나비와 개구리」 「매화와 매실」 「참나무와 도토

106

리」「까마귀와 고라니」등은 제목만 보아도 그 생명의 연결 고리에 시인이 얼마나 천착하고 있는가를 잘 보여준다.

생태적 감수성의 강화는 시의 형식에도 자연스럽게 변화를 일으킨다. 초기 시의 주류였던 이야기시가 몇 편 눈에 띄긴 하지만 전체적으로 '노래'라는 서정적 형식으로 현저하게 기울어져 있음을 보게 된다. 이는 달라진 시대적 상황에 따른 시인의 대응이 달라졌기 때문이기도 하지만, 생물학적 나이와 그에 따른 정신적 연륜과도 관계가 있을 것이다.「노래와 이야기」에서 "내 격정의 상처는 노래에 쉬이 덧나/다스리는 처방은 이야기일 뿐"이라고 말했던 시인은 이제 '노래'에 스스로의 상처가 덧나지 않을 만큼 격정을 가라앉힐 수 있게 된 것일까. 나는 그것을 '마음의 깊이'라고 표현하고 싶다. 왜냐하면 이번 시집에서 그 전모를 드러낸 생태적 지향은 의식의 차원보다는 오랜 기간에 걸친 마음의 변화를 통해 얻어진 것이라 여겨지기 때문이다. 그렇지 않고서야 이렇게 간결하면서도 곡진한 리듬에 이를 수 있었겠는가. 그의 생태적인 시들이 단순한 유행의 편승이나 소재주의적 답습을 넘어서는 지점도 바로 그 리듬을 불러내는 마음의 깊이에 있다.

우리가 마음속에 품은 생각이나 입으로 발설한 말 한마디도 결코 그냥 사라지는 게 아니라는 사실은 과학적으로도 입증되고 있다. 에모토 마사루의 『물은 답을 알고 있다』는 물이 인간의 마음과 말에 반응해 그 결정체가 변하는 모습을 보여준다. 인간이 사랑의 마음과 아름다운 말을 보낼 때 물의 결정은 한결 눈부시고 선명해진다. 이처럼 생태적 감수성이 진정한 치유력을 지니기 위해서는 어떤 제도의 마련 못지않게 마음의 깊이가 필요하다는 것을 절감하게 된다. 마음의 차원을 강조하는 것이 지나치게 낭만주의적인 접근일 수도 있지만, 마음을 배제한 어떤 의지도 근원적인 힘을 발휘할 수 없다는 것은 분명하다.

지금까지 살펴본 최두석 시의 변화는 점진적이지만 근본적이어서, 그의 시는 달라진 자리에서도 특유의 항상성을 유지하고 있다. 삶에 추동되지 않은 섣부른 변화를 경계하면서 균형과 절제를 놓치지 않으려는 일관성, 이것이야말로 그의 시가 다소 느리지만 견고한 탐색으로 버텨온 힘일 것이다. 또한 이야기시론에서도 시종 강조했듯이, 집단적 역사와 개체적 인간, 이야기와 시, 서사와 서정이 별개가 아니라 서로 긴밀하게 맞물려 있을 때 좋은 시가 태어난다는 사실을 그는 잊은 적이 없는 듯하다. 그 역동성 속에서 의지와 마음을, 역사적 상상력과 생태적 상상력을 구분하는 것은 얼마나 부질없는 노릇일 것인가.

마지막으로 이 시집의 서시격인 「시인과 꽃」을 읽어본다. 시인은 말이 씨가 된다고 믿는, 또한 그 씨앗이 발아하여 환하게 꽃을 피우기를 바라는 농부와도 같다. 다만 농부는 밭고랑에 씨앗을, 시인은 마음속 묵정밭에 말의 씨를 뿌릴 뿐이다. 꽃을 비롯하여 수많은 생명체의 이름을 부르는 일이 바로 묵정밭과도 같은 세계에 "꽃씨를 뿌리는" 일이 될 수 있다는 순정한 믿음이 오늘 그의 시를 있게 한다. 시인이 기다리는 호접몽(胡蝶夢) 또한 그 말의 개화를 통해서만 가능할 것이다.

말이 씨가 된다고 믿고

씨앗의 발아를 신뢰하는 농부처럼
마음속 묵정밭 일구어
꽃씨를 뿌리는 이가 있다

가뭄과 장마를 견디고
꽃나무가 잘 자라
환하게 꽃술을 내미는 날
그는 나비가 되어 날아오르는 꿈을 꾼다.

　　　　　　　　　　—「시인과 꽃」 전문 ▨